계단은 잠들지 않는다

황금알 시인선 32

계단은 잠들지 않는다

초판인쇄일 | 2009년 11월 23일
초판발행일 | 2009년 11월 30일

지은이 | 최을원
펴낸곳 | 도서출판 황금알
펴낸이 | 金永馥
선정위원 | 마종기 · 유안진 · 황학주
주 간 | 김영탁
편집실장 | 조경숙
표지디자인 | 칼라박스
주 소 | 110-510 서울시 종로구 동숭동 201-14 청기와빌라2차 104호
물류센타(직송 · 반품) | 100-272 서울시 중구 필동2가 124-6 1F
전 화 | 02)2275-9171
팩 스 | 02)2275-9172
이메일 | tibet21@hanmail.net
홈페이지 | http://goldegg21.com
출판등록 | 2003년 03월 26일(제300-2003-230호)

값 8,000원

ISBN 978-89-91601-74-1-03810

*이 시집은 한국문화예술위원회 창작기금 지원을 받아서 출간되었습니다.

계단은 잠들지 않는다

최을원 시집

황금알

긴 들판을 홀로 건너왔다
오랫동안 꼭 쥐고 있었던 손을 펴본다

달랑, 꽃씨 몇 개

이젠
버린다

바람 속에
세월 속에 심는다

차 례

1부

을숙도에서의 일박一泊 · 12

봄 · 14

달과 항아리 · 15

폐허는 푸르다 · 17

높은 집 · 18

홍합국이 구수한 이유 · 19

초승달 · 20

달빛 세탁소 · 21

천변 음악회 · 22

새들은 왜 북녘으로만 가나 · 24

비둘기 교회 · 26

부부 · 28

대화 · 29

자전거, 이 강산 낙화유수 · 30

2부

빙어氷魚 · 32

크눌프, 18세가 오는 방식에 관하여 · 34

헐떡헐떡, 동시 상영관 · 36

부석사浮石寺 · 38

별 · 40

그려, 강아지풀 · 42

횡단보도에 갇히다 · 43

미시령을 향해 달리다 · 44

환승換乘 · 46

집이 키운다 · 47

단단한 저녁 · 49

봄 혹은 열쇠 · 50

불온은 손가락이 길다 · 51

고사목枯死木 · 53

3부

용설란 · 56

안개방 · 58

마법의 성城 · 59

천국의 계단 · 61

완벽한 행복 · 62

자전거포 노인 · 64

봄밤 · 66

봄이 오면 · 68

화살은 어디서 날아오는가 · 70

자폐, 고요하고 고요한 · 71

요람을 흔드는 손 · 73

주머니, 생각한다 · 74

라이라이 · 76

구름 산책 · 77

벌레나무 하늘 오른다 · 79

육교 · 81

4부

계단은 잠들지 않는다 · 84

25시時 · 86

식탁 위의 역사 · 88

카니발 · 90

양말 속에서 잠들다 · 92

발치拔齒 · 93

지하 책상 · 94

태양의 서커스 · 96

누란樓蘭 모텔 · 97

공중 감옥 · 99

점자點字 · 100

소파, 부재에 관한 보고 · 101

즐거운 우리 집 · 103

계단 위의 사람들 · 104

blog.daum.net/desertxxxxx · 106

이명耳鳴, 길 위에 서다 · 107

밤비 · 109

목을 내민다는 거 · 111

겨울 수양버드나무 · 113

■ 해설 | 백현국

누란, 저마다의 무한을 가는 중이다 · 114

1부

을숙도에서의 일박—泊

새 떼 간다
섬 하나 지고 새 떼 간다
지쳐 날개 접으면 집이 되고 섬이 되는 곳
갈대 숲 서걱서걱 지나면
누구나 날개 돋아나는 곳
새처럼 말하기 위하여
새처럼 잠들기 위하여 찾아온 을숙도
나는 지고 온 저녁 하나를 부린다
시동을 끄자 마음이 먼저 방죽을 내려간다
노을이 펄럭이며 먼 산을 넘어가고
가슴에 따뜻한 강물이 돌아들면
기억 속에선 새 떼들 날아오르고
새 떼들 속에 빈집 하나 보인다
남 몰래 곤한 잠 깔던 곳
때론 너무 젖어 군불 때 줘야 하는 집
깊은 밤의 한 귀퉁이에 불을 피우고
젖은 침상을 내다 말린다
어둠이 주위에 둘러서고
갈대들이 수런수런 모여들어 손을 쪼이다 가면

나는 잘 마른 모포에 길게 눕는다
침상 밑으론 밤새 몇 개의 도시가 지나가고
빈집엔 새 떼들의 방언 가득하다

봄

봄비는 타!닥!타!닥! 네 글자 사이로
온다
와서
컴퓨터 자판, 해묵은 먼지 씻어 내리고
글자키 사이 크레바스에 갇혀 동결 건조된 시어詩語 조각
들 쓸어다가
산에 들에 뿌려놓는다
그것들 아지랑이로 꼬물꼬물 되살아나
숲 속엔 온통 누에 뽕잎 먹는 소리
나무와 나무 사이에 타전되는 숨 가쁜 모스부호
나무 속에, 우듬지 속에, 가지 속에 풀뿌리 속에 은밀한
집회
수많은 자객들 작고 푸른 칼을 번득이는데,
겨울잠 덜 깬 저 게으른 아까시나무
긴 뿌리 기지개 쭉 펴자
간지러워라
산이 허리를 꿈틀한다 순간
묵직한 겨울이불 아래쪽 사람들의 마을로 좌르르르 미끄
러진다

달과 항아리

그 집
그 집 뒤란에 오래된 항아리
시간이 고여 찰랑거리고
산새들 내려와 목을 축이고
보름달 머물다 노란 알 하나 낳고 갔었다
달의 행로를 따라 고샅길 생겨나고
그 길 쫓아 1톤 트럭 한 대 거슬러 올라와 봄을 하역하고
간 후
곳곳에 피어나던 꽃
마당에, 부엌에, 안방에, 뒷간에, 지붕에, 바람벽에
그 집 빼곡히 채우고
읍내 가는 먼지 많은 길로 나섰다가
차마 다리 건너지 못하고 강둑 서성이다 시들었었다

그 다리
꽃잎은 강물에 실려 마을을 돌아, 폐교를 돌아
손금 위로 흘러드는데
밤마다 건너는 교각만 남은 다리
수시로 헛디뎌 무릎팍 깨지는 다리

강물 뚝!뚝! 흘리며 돌아오는 새벽 그 건너엔

꽃들이 주인인 집 한 채 있고

그 집 뒤란, 오래된 그 항아리 노란 알 하나 여전히 품고
있다

폐허는 푸르다

마을 외진 곳, 고단한 몸 점점 길게 눕는 집
어둠 깊은 광, 녹슨 자물통 하나
쪼그리고 홀로 저물던 저녁
아궁이 앞 오랫동안 환했다는데

달도 앓던 무명의 밤 그 아궁이 툭! 꺼지고
오랜 관습으로 스스로를 단단히 채워버린 집
자물통 하나가 버티는 집
밤마다 조금씩 유실되는 집

저 문이 열리는 날 폐허의 족보가 하나 둘, 걸어 나오면
저 집도 한복 곱게 갈아입고
이승의 기억 온전히 버릴 것인가

늦가을 바람이 나뭇잎 몇 개 안부 삼아 놓고 가는
그러나 함부로 발 내딛을 수 없는
폐허,

여전히 누군가의 집

높은 집

절벽 위에 피어 있던 집
한강이 마당이던 집
비닐 창 새어나오는 불빛 강바람에 펄럭이고
루핑 지붕에 파란 별 오래 머물다 가던 집
평상엔 온갖 일감, 고물 라디오 밤늦도록
목이 쉬던 집, 고삿길 쫓아 낡은 짐자전거 올라오면
수박 한 덩이로 가득 차던 집
가끔씩 개 끄스르는 연기 찾아들면
허기진 해바라기 흔들흔들 집 울타리 서성이던 집
머리맡에 빗소리 찰박찰박 떨어져
꿈의 천장이 젖어 갈 때
한강 거슬러온 배 한 척 따라
밤의 저편으로 끝없이 흘러가던 집
햄머질 서너 방에 무릎 꺾이던 집
무명 보자기 몇 개로 싸이던 집
소형트럭에 실려 낯선 길 털썩털썩 가던 집
지금도 가끔씩 가파른 곳에 피어나
남몰래 들어가 그 평상에 앉아보는
기억의 금호동,
높고 높은 그 벼랑의 집

홍합국이 구수한 이유

   질펀한 시장판, 가마니에 홍합 부려 놓은 깡마른 사내가
돌아서는 아주머니의 등을 후려쳤습니다 휘둘리는 머리채,
홍합 몇 개의 힘으로 주먹이 날고, 홍합 몇 개의 힘으로 신
음 꼭 다문 아주머니, 호기심들만 둘러서고 어린 아들은 발
동동거리고…… 놀랍게도 흥정은 다시 시작되고 결국 홍합
몇 개 더 챙긴 아주머니는 고맙다는 인사까지 건네주고 떠
났습니다

   도시의 참빗질에 쓸려 나온 가랑니 같은 철거민들의 대단
지
  산모가 애를 삶아 먹었다는 소문은 떠돌고
  가장들이 새끼줄에 꿴 연탄 한 장
  국수 한 다발로 귀가하는 저문 풍경 속으로

  누런 달은 뜨고

  어느 루핑 지붕 아래 차려질 때늦은 식사
  비로소 떨어질 한 어미의 눈물 속에서
  찰랑이는 숟가락들 위에서
  저녁은 모처럼 풍성하고 하염없이 구수할 터였습니다

초승달

광활한 식탁보가 쳐지고 빵부스러기들이 자꾸만 떨어져 내렸네 성가신 듯 머리를 터는 키 큰 나무들 사이로 물고기 처럼 유영하는 어린 나무들, 허기져 잠 못 드는 절벽이 끙 끙거리고 있었네

누군가 모닥불을 피웠는가 탁! 탁! 튄 저 밤하늘 불티들 좀 봐

접시에 포크 부딪치는 소리, 주전자 물 끓는 소리, 차 마 시는 소리 들리네 저것 봐, 검은 새들이 바쁘게 행주질을 하잖아, 식사는 끝나고 담배연기 피어오르네 먹다가 조금 남긴

그 사람 나이프는 참 예리하기도 하네

달빛 세탁소

서민 아파트촌 행복세탁소 주인 박씨는
깊은 밤 공터에서 세탁을 한다
큰 함박지에 달빛 가득 채우고
퍼 놓았던 햇살 한 바가지 풀어 힘 있게 문지르면
술술 풀려나가는 검은 먼지들
호주머니에선 녹슨 못 떨어지기도 하고
닭발이 뛰쳐나와 진창에 찍고 온 사연 조아리기도 하고
붕장어 한 마리 달빛 속을 유영하기도 한다
때로는 트로트 메들리가 박씨 어깨 흔들기도 한다
헹구어 널면 뚝!뚝! 떨어지는 푸른 달빛들
위에 박씨 하얀 별빛 한줌씩 아낌없이 뿌려준다
고개 무거운 밤이 깊으면
생활의 헤진 구석 실밥 가지런하게 기워지고
다림질 따라 반듯한 포장도로가 생겨난다
그 길 끝 멀리서 찬물에 머리 감은 아침이 천천히 온다
박씨 오토바이는 오늘도 서민 아파트촌을 신나게 달리고
세탁물 받은 사람들 알싸한 그 냄새의 정체 아무도 모르
지만
향기에 취한 비둘기 떼들
모두 다 그 세탁소로 모여들고 있다

천변 음악회

천변 경로당 마당
벗들 앞에서 아코디언 켜는 백발의 노인
양팔이 부드럽게 움직일 때마다
노을에 깊고 큰 주름이 잡히고
그 갈피에서 쏟아져 나오는 무수한 꽃잎들
꽃보라를 이루어 어딘가로 간다
두만강 푸른 물 힘 좋은 쏘가리 안주로
탁주 한 잔 하는 노인들
그 옛날 내 님 실은 배 삐걱삐걱 젓는다
달빛 교교한 백마강 전설이 찰싹!찰싹!거리고
목포의 눈물에 메마른 이마가 젖다가
제주도 유채꽃밭으로 흐드러지다가
울산 큰애기 잠시 만나서
울릉도 트위스트 차!차!차!

노인들
차례차례 아코디언을 빠져 나와
굴곡 많은 길들이 흐른 흑백 사진 몇 장과
한계령을 넘은 숨 가쁜 바람 부려 놓는다

개천 곳곳엔 검버섯 돋아나고
건너편 가로등 피안처럼 피어난다
그 불빛 속에 옷 하나씩 벗어 거는 날들이
불나방처럼 맴을 돌아도
이 강산, 그리운 임 참 곱기만 하다
이쪽 언덕 작은 경로당 마당에는
경쾌한 연주가 다시 시작되고
밤하늘 보름달 두 볼이 소년처럼 붉다

새들은 왜 북녘으로만 가나

강변 갈대밭 속, 아버지와 낚싯대 펴고 누운 밤
아버지께서 내게 안겨 주무신다
북녘 땅 영변 고향 키 작은 아버지
내 가슴팍 위에 진달래 꽃 가득 부려놓으신다
뼈마디 틈새마다 얼음 박힌 남쪽나라
낡은 목수 연장가방 강의 무게로 깔린다
사모래 부슬부슬 떨어지는 꿈속
흔들리는 비계 질통 지고 오르신다
허술한 바람벽에 대못 박고 계신다
자투리 합판과 각목으로 짜 올린 공중누각
버티다 세월은 허리뼈 굽고
새참 나온 빵 챙겨오시던 허기진 고샅길도 굽었다
낮은 신음 흘리시는 아버지
우수수 우수수 갈대가 따라서 앓자
텐트 두드리던 바람, 갈대 숲 날아오른 물새 떼
모두 북녘으로만 간다
약산 그 돌산에는 지금도
바위틈마다 진달래꽃 빼곡히 피어 있을까
꽃 속 길 바삐 오르는 한 소년 보인다

물안개 갈대 강을 덮어가고
텐트는 섬처럼 흐르는데 날은 새지 않았다
아버지 공중누각에선 진달래꽃 지천으로 피어올랐고
나는 그 아래 주춧돌 되어
검푸른 강물 가득 채우며 떠내려오는
진달래 꽃잎 물결 밤새 지켜보고 있었다

비둘기 교회

그녀는 옥탑방에 산다
돋보기를 쓰고 온종일 성경을 본다
작은 하품을 하다
아차, 퍼뜩 방문을 열면
난간 가득
하얀 비둘기 떼들

평생 한 일은 상처 많은 분들 모셔와
목사님, 전도사님 만들어 떠나보낸 일
그럴 때마다 가벼워져, 떠올라
옥탑방까지 떠올라
작은 밥상 하나 꼭 붙들고
읽고 읽고,
쓰고 또 쓰는 그녀

오늘은 참 은혜롭게 맑기도 하지
바가지 들고 방문을 나서자
예배는 시작되고
반짝이는 말씀 한 줌씩 흩뿌려질 때마다

열심히 고개 주억거리는
비둘기 신자들
머리 위에
햇살

어디선가 천상의 파이프오르간 소리 들려오는
마음의 좁은 계단 밟아 올라가
조용히 한 구석에 동참하고 싶은 그 곳

높고
환한

부부

허리 굽은 할머니 숨 헉헉 지나갔다
허리 굽은 할아버지 또 헉헉 지나간다

잽히면 죽일 겨

딱 저만큼의 거리距離를 두고 숨 가쁘게 달려온,
저 거리의 팽팽한 긴장이 칠순의 노구를 달리게 하고

내가 놓을까
당신이 놓을까

두렵게, 때로는 안쓰럽게
그렇게 팽팽하게 건너온 생生이었을 것이다

대화

초겨울 중랑천변의 검은 진창, 긴 발자국 끝에 새 한 마리 죽어 있다

남길 얘기가 많았던 듯 꽤 먼 거리를 써 내려갔다 윤회를 다 건너갔을 듯하다

온몸으로 찍은 마침표! 지고 날던 무게가 단단하게 굳었다

천변의 텃밭, 한 차원을 털어낸 것들의 잔해는 전부 상형 문자만 같아

순례자처럼 고개 무거운 옥수수 대궁은

마른 잎 초서체로 풀어 긴 행장 휘갈기는 중인데

자꾸만 감기는 작은 눈이 마지막 올려다보았을 한천寒天

난해한 잠언들만 떠가고, 가지런하게 벗어 놓은 신발들, 그 곁에

하늘 한 자
마음 한 자 찍어보는

자전거, 이 강산 낙화유수

길가 철책 너머, 오래 방치된 자전거를 안다 잡풀들 사이에서 썩어가는 뼈대들, 접혀진 타이어엔 끊어진 길들의 지문이 찍혀 있고 체인마다 틈입해 화석처럼 굳은 피로들, 한때는 자전거였던 그 자전거

한 사내를 안다 새벽, 비좁고 자주 꺾인 골목을 돌아 돌아서 우유 한 병 조용히 놓고 가던 반백의 왜소한 사내, 수금할 때면, 고맙구먼유, 열 번도 더하던 사내, 유난히 부끄럼 많던 그 사내, 무섭게 질주하는 도시, 어느 초겨울 미명의 새벽 차도를 끝내 다 건너지 못한 그 사내

그 노래를 안다 빙판 언덕배기 나자빠진 자전거, 깨진 병 쪼가리들 만지작거리며 오랫동안 앉아 있던 그 노래, 이 강산 낙화유수 흐르고 흘러

낙엽 한 잎 강물에 떨어져 멀리도 떠내려 왔는데, 가끔씩 새벽 속에서 흥얼흥얼 노랫가락 들리고 창을 열면 낡은 짐 자전거 한 대 저만치 가는, 참 오래된 그 노래를 나는 지금도 안다

2부

빙어 氷魚

소양호,
빙판 구멍에 긴 촉수 내리고 앉은 사람들
깊고 어두운 곳에서 올라온 기억이 눈부시게 파닥거린다
그 젊은 날, 소양호는 허공에 떠 있는 유리공이었다
유리공 너머에서, 계절이 휘어지고, 건조한 햇살도 휘어
지고,
속이 훤히 비치는 풋사랑도 휘어졌었다
세상은 너무도 투명해서 공지천 똥물조차도
대학 노트만한 여인숙 방 하나 가릴 수 없었다
내 속에 심해어처럼 숨어 있던,
부끄러움이 부끄러움에게 건네던 말들이
지금, 내 손바닥 위에서 파닥이고 있다
알몸의 기억 초고추장에 찍으면,
몇 개의 거리들, 포구들, 주점들이 혀끝을 찌르며 지나간다
삭풍이 광활한 마당을 쓸고 있다
유배된 날들이 계곡으로 쓸려가고 있다
나목裸木들이 등뼈 완강한 산을 오르고,
소양호는 여전히 산들의 발목을 붙잡고 있다 그러나,
그 어디에도 유리공은 없다

내장마저 서럽게 내비치던 날들은 이젠 없다
겨울새 한 마리 계곡마다 끝없이 기웃거려도
유리공 속에 갇혀 은빛 비늘 반짝이던 시간들
그곳으로 결코 회귀할 수 없음을, 나도,
오래 전 나를 떠나간 사랑도,
서로의 비린내를 나누어 갖고
이 도시의 어두운 터미널을 빠져나간 그 모든 연인들도
그때 이미 너무나 잘 알고 있었을 것이다

크눌프, 18세가 오는 방식에 관하여

바람이 골고다 계곡을 포복으로 올라오고 있었다
창문엔 죽은 사내들의 얼굴이 걸리고
그는 그 뒤편 나목들을 노려보았다
뚜벅뚜벅, 나무들은 차례차례 그를 통과해 갔다
먼 곳에선 설해목들이 뚝뚝 부러져 갔고
눈발들은 유령처럼 쏘다니고
죽고 싶다, 말해 놓고 어둠은 스스로 놀라는 거였다
학교도 자퇴하고 나는 왜 여기 산 속에 있나
무릎팍에 고개를 박고 되묻고 있을 때
옥수수 대궁들이 순례의 길을 나서고 있었다
교회당 종소리가 꿈 속 창에 땅땅 부딪쳐 왔다
바오밥나무 가지에 걸린 보름달 속
까마귀 한 마리 낯선 방언으로 지치게 울고
몰려오는 죽은 여자들, 이끼 낀 눈빛
입을 벌리면 거미줄이 한 움큼씩 쏟아져 나왔다
모두 알몸이었다 절벽에선 이리 한 마리 밤 새워 울고
그는 수없이 몽정을 했다
정액 냄새로 가득한 죄의 밤이 닫히고
기도원의 방문을 열어젖혔을 때,

순백
청년의 첫 아침이 눈물 속에 마주보며 서 있었다

헐떡헐떡, 동시 상영관

극장은 개다, 뒷마당의 음식 재료들 훔쳐 먹다가
식당 주인에게 들켜 두들겨 맞다가 정신없이 도망쳐 숨은
골목
혀를 길게 뽑고 침을 질질 흘리며 헐떡인다
영화도, 몇 명 되지 않는 배우도, 관객도 몽땅 다 개다
모두 헐떡거린다 시퍼런 멍 자국을 가지고 있다
대낮부터 숨어든 거다 두 편이
한 편 돼도 전혀 어색하지 않는 영화들
여배우는 뒤편에도 출연한다 맨살의 의상도 똑같다
자위하는 늙은이, 벌겋게 취한 노숙자
갑자기 의자를 내리치는 넥타이 사내
다 전편에서 본 듯한 단순명료한 스토리 라인이다
뭔가 잘못 됐음을 느끼는 순간 영화는 끝나고
어색한 일은, 잠시 불이 켜지면 낯익은 시선이 마주치는 일
어쩌다 불뚝 솟는 의욕은 변기 속에 떨어지고
고개를 들면 누군가의 낙서, 씨팔 전화 좀 해
지친 배우들 주섬주섬 침대를 내려가면
뿔뿔이 흩어져 도시의 저녁 속으로
한 장의 음화처럼 삽입되던 들개들

지금도 그 골목에는 개 한 마리 고개를 처박고 있다
헐떡거리고 있다 내 잘못 편집된 젊은 날들은
지겹게 되풀이해서 돌아가고
변기엔 구톳물과 정액이 뒤엉켜 번들거릴 것이다

부석사浮石寺

핸드폰에 매달려 울던 여자가 잠이 들었다
나는 무릎 위에 부석사를 올려놓고
변방으로 밀려나는 중이다
옆 좌석의 어린 여자는 잠 속에서도 실연 중이다
맞닿은 내 무릎팍이 흔들리고
부석사가 흔들거리고 부석사를 찾아
소설 속의 남녀는 캄캄한 소백산 골짜기를 헤맨다
떠나간 것들을 하나씩 세워 놓으며
밤기차는 중년의 들판을 달린다
밀려날 때마다 더 빨리 멀어지던 것들
여자의 사랑도 그렇게 멀어지는 중일까
돌아보면 곤한 잠들, 한 마디씩 건네고 있는데
하모니카를 불고 간 맹인은 어디쯤 가고 있을까
깜박 깜박, 먼 곳의 집 한 채 이제는 잠들었을까
눈이 와요, 소설 속 목소리에 내다본 창 밖
맨발의 여자가 밤길을 간다
저 희고 시린 발처럼 밤기차는
또 어딘가에 가 닿을 것이다
보일 듯, 보일 듯 부석사는 어디에 있는 걸까

있기는 한 것일까 오소소 몸을 떨며
나는 내 빈 손을 오랫동안 내려다보았다
손가락 사이로, 부석의 좁은 틈새로 기차는 달리고
비로소 고요해진 여자의 숨소리처럼
소설도 막 끝나가고 있었다

* 부석사 : 신경숙의 소설 제목

별

개가 또 다시 짖는다 초겨울 밤하늘에는
고시원 하나 떠 있고 별들이 귀가 중이다
뒤편 공터, 낡은 포장마차 밑바닥의 버려진 개
밤에만 나와 짖는다 밤새 짖는다 자정이 되면
지방 변두리까지 밀려온 허공에 컴퓨터가 켜지고
나는 개를 내려다본다 좁은 공터, 먹을 것을 찾아
개가 돌고 내가 돌고 별들이 돈다
숨소리를 나누어 갖는 얇은 방들은 비행 중이다
핸드폰 소리, 앞방의 조선족 여자는 오늘도
안드로메다 저편에 선을 댄다 훌쩍인다 옆방의 도우미들은
어느 불야성 사이를 돌고 있을까
젊은 아버지와 어린 아들도, 골프 가방을 메고 다니는
배고픈 건달도, 아침부터 술 마시고 종일 자는 노인도
우주를 떠가는 중이다 다들 별들의 가계를 가지고 있다
고시원, 한 평 잠 속으로 유성들이 쏟아진다
스친 별들은 영원 속으로 떠나가고
나도 개처럼 짖으며 무명의 작별을 지켜준다
새벽 2시, 노트북 속으로 변두리의 하루가 덮힌다
아침이면 삐끼들이 돌아오고, 도우미들도 돌아오고

개도 포장마차 밑을 비집고 들어갈 것이다
잠의 좁은 통로에는 조심스런 발소리들이
얼굴을 밟으며 지나가고 밤하늘엔
떠돌이별들이 밤새 추위에 떨고 있을 것이다

그려, 강아지풀

아파트 계단에서 담배 피우다보면 옆집 녹슨 베란다 틈새에 강아지풀, 봄 어느 날 싹이 돋아 여름에 꽃을 피웠다 꽃대가 무거워 점점 기울어지더니 결국 거꾸로 매달렸다

13평 전세집의 내 잠자리는 싱크대 옆 은박지, 똑똑 물소리는 얼굴로 진다 머리끝에서 발끝까지 물길, 잔잔히 흘러간다 흐르다 쓸리다 창틀에 기대면, 강아지풀 왜 그렇게 사니 흔들리고, 밤하늘 가득 잠들지 못하는 나무들이 흔들리고, 거꾸로 매달린 새벽 2시도 흔들리고

오랫만에 집에 왔다가 지방 고시원으로 돌아가는 길, 올려다보니 말라죽은 강아지풀 하얗게 손 흔들어 주는데, 깨진 보도블록 틈새에선 토끼풀들이 그렇게 올망졸망

살고 또 죽고
죽고 또 살고

횡단보도에 갇히다

강남대로를 건너다 중간에 갇혀버렸다
간신히 끌고 왔던 길이 뒤돌아 간다
그 너머론 허기진 낮달이 떠가는데
사방엔 미친 듯이 내달리는 속도들
빌딩마다 폭포가 걸려 있고
폭포 속에 폭포가 떨어지는 이중 폭포
사이에서 아우성치는 외침들 한꺼번에 흘러
굽이치는 거대한 물줄기
발밑에서 아찔하게 철썩인다
어디로 가야하나
빌딩 위 대형 전광판은 고딕의 눈빛 번득이며
함께 흐를 수 없는 자
이 도시 최고의 이단이요 치욕이라고
하늘 글씨 한 자씩 써 보이는데
누가 나를 이곳에 세워놓았나
시간이 사방팔방 엇갈려 달리고
교차점마다 황금의 꽃들이 피어나는 엘도라도
너무 잘 보여 아무 것도 볼 수 없는
속도의 제국
눈 시린 형역形役의 이 한복판에

미시령을 향해 달리다

북한강을 따라 올라가 홍천, 인제를 지나
미시령을 향해 달렸네
좁은 국도를 시속 100km로 코너링하다 보면
참 순간이구나, 하는 생각
약간의 핸들 각도에 좌우되는 생生
급하게 꺾인 곳에 예각을 찍고
길 밖으로 나간 흔적 하나 선명했네
강변의 갈대들은 모두 지친 머리를 꺾고
이 각도를 보라, 이 각도를 보라
자꾸만 속살거렸네
러브호텔에 욕망을 주차한 많은 차량들
어느 지점에서부터 꺾이기 시작했을까
미시령 너머를 막연히 사모하는 나도
꺾이기 시작한 것은 아닐까
북쪽으로 올라갈수록 세상은 점점 뜸해지고
나도 뜸해져 갔네
마음의 각도 사이에서 미시령은 높아만 가는데
구부러진 것들은 슬픈 것
위태로운 각도를 품은 것

페드라, 페드라를 외치며
내 차는 스스로도 두려운 속도로
마음의 북쪽,
후미진 늦겨울 속을 질주해가고 있었네

환승換乘

야산을 오르다 보니 파묘한 자리가 있다
잡풀들이 자라고 개망초꽃, 들국화 몇 송이 피어 있다
들어가 눕자 송장나비들이 자리를 비켜준다
아늑하다 이 좋은 곳을 두고 망자는 어디 갔을까
죽어서도 끊임없이 옮겨 다녀야 하는가보다
하늘에는 무덤들이 둥둥 떠간다 쫓겨 가고 있다
죄다 서쪽으로만 간다
팔다리를 쫙 펴니, 딱 맞다 이렇게 딱 맞는 곳은
한 번도 없었다 들고 있던 소주병을 밖으로 던지니
매미들은 더 큰 곡소리로 울어대고
새 주인을 아는 양 나비들이 날아든다
머리에 얼굴에, 어떤 놈은 잠 속까지 따라 온다
길들의 가지들이 뚝뚝 부러지는 소리가 들리고
몸이 공중부양 하는 거 같다 깜박, 깨어나면 낯선 곳,
나도 나를 모르는 아주 낯선 시간대에
거짓말처럼 닿아 있을지 모른다
누군가 저벅저벅, 취생몽사의 이마를 밟으며 곁을 지나친다

집이 키운다

한줌 가계에 딱 맞는 13평 서민 아파트
들어가는 자나 나간 자나 흡사하다
곳곳에 남겨진 흔적들
거실 한 쪽 벽엔 키를 재던 촘촘한 눈금들
커져 갈수록, 낡아 갈수록 얼마나 비좁고 답답했을까

이삿짐 풀고 누운 밤, 어둠 속에 웬 낯선 할망구가 보인다
늙은 몸을 삐걱삐걱 짜 맞추더니
눈금 사이를 오르내리며 비질, 걸레질, 행주질로
조용조용 분주하다

몰려와 맴도는 내 눈 속의 어린 지느러미들
흔들릴수록 턱밑엔 폐수가 찰랑거려, 자꾸만 밑이 빠져
아무리 까치발 뻗어도 발가락 끝 닿지 않는다
얼마나 머물다 또 어디로 흘러갈 것인가
새벽이 절벽처럼 서 있는데
자신 없는데
손 풀고 스르르 쓸려가고 싶은데

어느 순간

괜찮다, 다 괜찮다
주름 많고 따스한 손바닥 하나가
내 손등 위에 슬며시, 슬며시 포개지는 거였다

단단한 저녁

병원이 건너다보이는 길가 식당, 나는 죄스런 밥을 먹는
다 병원, 저 여객선, 시도 때도 없이 실어나른다 천산남북
로를 혼자서 건너온 단단한 친구, 흔들리는 것들이 너무 많
아 흔들릴 수 없었던 날들이 조용히 날개를 접었다

저편 식탁 위에 잘 구워진 생선, 부드러운 것들은 단단한
슬픔을 숨기고 있다 작은 물고기는 먼 물길을 홀로 거슬러
왔을 것이다

물고기 떼들이 까맣게 하늘을 오르고 있다 하얀 비늘이
흩날린다 병실 창틀에 턱, 걸쳐지는 손 하나, 손바닥을 펴
고 오래오래 젖는다

애써 귀 기울이지 않아도 곳곳에서 찰박찰박 물소리 들린
다 살 익는 냄새가 풍긴다 나무들 밑으로 과일 바구니를 든
사람들은 모여들고 앰뷸런스 한 대 또 파닥거리며 질주하
는, 단단한 것들의 속 깊은 저녁이다

봄 혹은 열쇠

한겨울의 나목 앞에 서니 죄다 쓸모없는 열쇠다 나무는
모든 문 단단히 걸어 잠그고 떠나버렸다 저 문은 열 수 없는
문이다 챙강챙강, 나뭇잎들이 허공에서 운다 시린 하늘을
여는 중인가

찬바람 속에 손을 내밀자 선혈 낭자한 여름이 만져진다
피 비린내가 나는데, 나무는 밖이다 나도 철저히 밖이다

밖에서 밖으로, 안은 없는 것이다 텅 빈 곳에 텅 빈 것들
은 갇히고

천 개의 겨울이 지나고 갇혔던 것들이 온전히 썩으면 수
많은 내가 걸어 나오고 가지마다 작은 비밀들이 다닥다닥
내걸릴 것이다

봄이네, 봄이네, 사람들 버릇처럼 중얼거릴 때 바람은 취
객처럼 문짝을 두드리고, 내가 열고 들어 간 그 곳,

없을 것이다
비로소 없을 것이다

불온은 손가락이 길다

뚝방에 앉아있는 정장차림의 중년의 불륜 남녀
울고 있는 여자 곁, 소주병도 사내도 텅 비었다
노을 속으로
똥물은 천천히 소리 없이 흐르고

철조망 끝에 나팔꽃들이 말라 죽어 있었다
긴 손끝에 실어 간절히 건네던 포복의 날들이
바싹 말라버린 것이다 허공에서 허우적거리던 손길이
어느 순간 틱, 멈췄으리라
바람이 제멋대로 쓰다 가는 죽은 글씨들
취로 사업하는 노인들 막걸리에 취한 삽날이
밑동을 후려 찍어도, 몸통이 잘려나가도
돌돌 말린 기억만 남아
결코 펴 보이지 못할 역사만 남아
불꽃 속에서 참았던 눈물 비로소
타닥타닥 터트리는 것들
철조망 너머를 끝내 믿고 싶었던 것들

노인들이 삽을 질질 끌며 돌아간 길을 따라

그들도 떠난 천변
한 몸 불사른 노을 속, 아무 것도 없는데
저 미루나무 우울한 시선은
왜 늘 철조망 너머에만 나가 있는 것일까

고사목枯死木

더 이상 오를 곳은 없다
푸른 살들은 남김없이 제단에 바쳐졌다
내게 깃들던 것들은
모두 허공 속에 둥지를 틀었다
그리움마저 단단하다
그러나 나는 유년처럼 설렌다
천 개의 태양이 지나간 길들을 되짚어
나는 내 속을 돌고 있다
머릿속까지 타들어 가던 그 작열의 정점에서
불러다오, 푸르러서 서럽던 것들아
찬란하던 새벽의 불면들아

유예의 시간은 길었다
나를 지나가던 벌레 한 마리
그 작은 생의 떨림 하나까지 기록한 책장을
겨울 새떼들이 끝에서
끝으로 천천히 넘기고 있다
또 다른 길들이 오는 소리가 들린다
그래도 나는, 설화雪花 몇 송이로

상형문자 몇 자로
지금 버티는 중이다
누군가는 떠나고
누군가는 남아
오래 기억하고 싶은 저 맑은 햇살을
다시 찬찬히 들여다 볼 때까지,
자벌레 한 마리
신의 손등 위에, 혹은 푸른 잎사귀 위에
슬며시 놓일 때까지

3 부

용설란

용설란에서 사내 하나 걸어 나온다
작은 체구에 다리를 저는 초로의 멕시코 사내
가구 공장 뜰에서 사포질, 니스칠하며
낡은 모포처럼 웃던 그 사내
그가 대패질을 할 때면
카리브 해안에서 경기도 마석 변두리까지
좁다란 길이 돌돌 말렸다가 떨어졌다
미간의 협곡엔 안데스 산정 늙은 콘돌이 둥지를 틀고
잉카의 오랜 전설 컥컥거릴 때
굴곡 많은 사연들이 얼굴을 지나가고
움푹한 눈에 하나 둘 들어서던 이국의 저녁들
야심한 다릿목에 나앉아 있던 나직한 메스티조의 노래
문득, 떠오르던 태양과 사막과 용설란
천둥 사납던 날 그 노래, 모진 물살에 쓸려 갔다
내가 생의 한 국경을 건너왔을 무렵
하루의 끝에 서 있던 그 사내
천장 빼곡히 용설란 밭은 펼쳐지고
용설란 손끝에 찔려 밤의 곳곳이 쓰라리면
데낄라 노란 술병 들고 나타난 그 사내

데킬라, 데킬라, 데킬라
외치다가 지구본 위를 절룩이며 갔다
경도와 위도의 교차점에 찍힌 그의 발자국
천장에 대팻밥 가득 남기고
먼 회귀선 아래로 가고 있었다

안개방

안개 속에선 안개가 보이질 않아 군산 개복동 새벽 네시, 안개방들은 자신들이 벗어 깔은 게 안개인지도 모르네 잠의 속살로 취한 손들은 취하지 않고 홀에 뒹구는 가짜 양주병에는 찰랑찰랑 안개가 채워지고 있었네

계단 밑, 달력 속에서만 이끼 낀 하루가 피고 지고, 노란 봄 갇힌 사진틀, 화장대엔 옹기종기 모인 조그만 꿈들, 일기장에서 진달래꽃 각혈처럼 붉었네

바닷가 둑방의 나무엔 몰려온 안개들이 기어올라 모두 머리 풀고 하늘로, 하늘로만 갈 때

검은 차 한 대 골목을 빠져나가자 밤하늘엔 거대한 빗장이 질러지고 다른 국적의 사람들 등 돌리고 아득히 잠들 때 당신의 안개 속에서 꽃뱀 한 마리가 살그머니 기어나왔네 붉은 혀 집요하게 날름거리며 가파른 그 계단 천천히 내려가더니 안개방, 낮고 곤한 잠속으로 추호의 망설임 없이 기어들고, 기어들고 있었네

마법의 성城

어지간히 낡은 다세대 연립주택, 밤이 깊으면 둑방을 기어올라 부들부들 달빛을 턴다 앙상한 몸뚱이에 수많은 금들이 보인다 퍼져 간다 금과 금이 만나 이룩한 하룻밤의 성城, 허공에 대롱대롱 걸린다

자전거들이 박쥐처럼 펄럭이며 그 성城으로 간다

오늘은 신참이 있는 날, 강 건너편 공장 굴뚝들이 펑펑 축포를 쏘아준다 온갖 용맹이 모여 횃불이 타오르고, 세상이 몇 번씩 뒤엎어진다 악착같이 취하고 악착같이 부르다가 느닷없이 잇몸을 보여준다 삼겹살이 탄다 가장 아픈 곳에 지글지글 이빨이 박힌다

얼굴 위로 밤새 발자국들이 찍히는 사이, 밤기차가 가끔 지나가는 사이, 소주병이 박살나는 사이에서 귀뚜라미들은 귀가 뚫어지라고 운다

똥물은 묵시록처럼 흐르고, 자꾸만 눈을 비비는 어린 소녀들의 철야 속으로 목화송이 같은 불빛들이 떠내려간다 겹

겹의 소리를 뚫고 여명이 비어들면, 갑자기 유순해진 자전
거들 차례로 빠져나가 새벽의 긴 다리를 건넌다

축제가 끝난 성城의 몰골은 늙은 개같다 뒷다리 사이에
꼬리를 감추고 안절부절 못하다가 도시의 음지 밑으로 가
능한 깊게 숨어들어 간다 모처럼의 휴일, 대낮의 햇살 속에
서 마주치면 하얗게 분장한 얼굴들 서로 무척이나 조용하
고 수줍다

천국의 계단

무의도, 드라마 〈천국의 계단〉 세트장, 최지우는 해풍 속
에서 곱게 웃고 있는데 촌로들께서 모처럼의 구경을 나서는
데, 무의도의 꼬리 실미도實尾島, 썰물 때면 바다 밑 길이 열
린다는데…… 바다 위 터덜터덜 걸어 나오는 찢긴 군복들,
최지우 그렇게 이쁘다냐 키득거리며 천국의 계단을 향해 몰
려가고 있었다 바닷가 이국풍 별장, 권상우, 신현준처럼 한
번쯤 폼 나게 살고 싶었을 사람들……

불현듯, 피 비린내 속을 관통하는 총성들,

버스 한 대 절벽을 향해 질주해가고 있는데 기다려도 길
은 보이지 않았다 밤바다만 거대한 음모陰謀처럼 꿈틀거리
고, 그 때 당신들은 어디에 있었는가 길고 긴 절규를 남기
고 실미도는 점점 떠내려갔다 갈매기들은 킬킬거리고 캄캄
한 천국의 계단엔 철없는 별들만

오르고 내리고
내리고 오르고

완벽한 행복

일산의 고시원 화장실, 변비로 끙끙거리는데
만가가 흐른다 만장들을 끌며 버스가 간다
참 천천히 간다 도시는 괄약근 악착같이 조여
버스 한 대 배설하는 중이다
빌딩과 아파트와 백화점 건물들 모두 땀투성이다
대로를 통째로 빌려 준 도시의 관용은 아름답다
정갈한 공원, 한 붕어빵장수의 일생을
잠시 지탱해준 꽃나무 줄기의 마음새를 닮았다
도시는 고민이 많았던 거다 함께 흐를 수 없는 자
가장 큰 치욕이라고, 대형 전광판들 밤낮으로
눈 부릅뜨고 있는데, 맑은 물가에 추악한 똥덩이
마침내 떠내려 간다 고시원 계단의
주인 잃은 신발들도 떠내려 간다
생활 고시생들 옥상에 올라 물끄러미, 말이 없다
마땅히 부끄러워해야만 한다
걸리기도 하면서, 맴돌기도 하면서
멀리 버스는 사라지고, 하늘엔 배가 뒤집힌 붕어빵들이
죄다 서쪽으로만 둥둥 떠갈 때
묵은 똥덩이 하나 시원하게 내갈긴

이 도시는 완벽하다 비로소 행복하다
살수차가 밑구멍을 말끔하게 씻어주며 간다

* 일산 정발산공원 나무에 목을 맨
  붕어빵 노점상 故 이근재 님의 명복을 빕니다

자전거포 노인

노인의 손이 닿자 어린 자전거가
신음을 베어 문다 굳은 나사를 틀어
바퀴를 빼내는 노인, 타이어 찢긴 틈으로
고샅길들이 비어져 나와 있다 전봇대들이
취한 눈알을 부라린다 덕지덕지
달라붙은 욕설을 닦아낸 후 상처를
찬찬히 싸매 주는 노인
비틀린 틀을 곧게 펴고 날카롭게 굽은
바퀴살을 하나하나 펴준다
날카로울수록 약한 법이지, 나사를
단단히 조이고 힘 있게 펌프질하자 자전거
깡마른 몸에 탄탄한 근육이 부풀어오른다
축 늘어진 체인을 손본 후 페달을 돌리자
자전거가 된 숨을 토해낸다 고개 숙인 핸들을
툭툭 쳐보는 노인, 이런 것은 치욕이란다
노인의 팔뚝에서 힘줄이 꿈틀하자 자전거
굽은 등뼈가 꼿꼿해지며 숙였던 고개가
세상 한가운데를 향해 슬며시 들린다 그러자
라이트 속에 멈춰져 있던 사람들이

비로소 움직이기 시작한다 정차해 있던
트럭이 벌컥벌컥 출발하고 수족관의
생선들이 펄떡인다
짐받이에 집 한 채 실은 자전거가
세상 속으로 질주해 간다
도시의 먼 휘어진 길을 돌 때까지
자전거 어깨에 얹힌
노인의 저 커다란 손!

봄밤

어디서 몰려 왔나 저 어린 개구리들
자꾸만 우네
밥상 위에서, 책상 밑에서, 책갈피 사이사이에서,
모니터 속에서, 소주잔 속에서

산에 들에 봄이 지천인데
왜 이곳에 와서 우니

예쁜 꽃들이 부르잖아
노란 나비들이 나풀나풀 부르잖아
손발 없는 책들만 요란스런
이곳은 비정한 곳
어서들 돌아가렴

창문에 옹기종기 붙어서 우네
잠 속까지 찾아와 발 동동 구르며 우네
아니야, 아니야
결코 봄이 아니야
떼쟁이 저 다섯 와룡산 개구리들

우는 것들이 울지 않는 것들을 울리네
울지 않는 것들이 우는 것들을 울렸네

벚나무들이 수만 개의 울음을 한꺼번에 터트리는
참 고운 봄
참 아름다운 밤이네

봄이 오면

새끼 돼지가 뚝배기 속에서 졸고 있다 세상은
요람이며 무덤이다 일주일짜리 기억을 담기에 딱 안성맞
춤이다

햇살이 방울방울 떠돌자 투레질을 하다가 퍼뜩, 놀라
오물오물 젖꼭지를 빤다 자꾸만 빤다

보글보글 꿈인 듯 부르는 소리,
여기 있어요 엄마, 아주 가까운 곳에 있어요
대답해야 되는데 대답해야 되는데
무거워지는 눈까풀을 치뜨는 작은 눈엔, 눈알이 없다

이유 없는 것들로 가득 찬 곳
어린 게 유일한 이유요 죄인 더럽게 무정한 곳

애저탕* 전문집엔 오늘도 한 상 그득 차려지고
젓가락들 분주한 지금은 고운 봄
벚꽃은 비명도 없이 진다
슬그머니 뚝배기 뚜껑은 닫히고

젖 빠는 소리만 둥둥 떠다니는 창밖

전봇대엔 미아들 찾는 전단지가 하얗게 바랬다

* 애저탕 – 아주 어린 돼지새끼를 통째로 백숙으로 고아서 만든 음식
* 혜진아, 예슬아……

화살은 어디서 날아오는가

파자마 차림의 노인이 손녀를 안고 있다
어깨엔 화살이 꽂힌 하트 문신, 아래 팔뚝엔
숱한 담뱃불 자국과 칼자국들, 그는 핏속에
이리를 키우던 사람, 면도날로 박박 긋던
젊은 날, 어지간히 물어뜯었을 게다
죄다 물린 상처다 화살은 알 수 없는 곳에서 날아와
가장 아픈 곳에 박혀 부르르 떨리고 있었던 거다
상처 입은 이리 한 마리 미친 듯이 달려 간 거다
타들어가던 숨소리가 가라앉는 사이
뜨거운 국 한 그릇 식어가는 사이
팽팽하던 하트의 밤도 지나고 비로소 다다른
쭈글쭈글한 길가 평상, 조는 아이를 내려다보며
부채질해 주고 있는 저 노인, 온몸이
이력서인 사람, 새롭게 콱 박힌 화살을 견디고 있다
미소를 보라, 너무 아파 끙끙 신음 흘리는 중이다
맹렬하게 다시 부푸는 중이다

자폐, 고요하고 고요한

아이는 오늘도 동네 쓰레기 태운 잿더미를 뒤진다
한 움큼의 녹슨 못을 보물처럼 찾아들고
자기 속으로 들어간다
집 속에 또 집을 짓는다

대문 밖에는 늘 아이의 엄마가 서 있다
아이에게서 아이를 찾고 있다 아가야, 너를 만나러
얼마나 많은 문을 지나왔는지 아니
대문 두드릴 때마다 아이는 집 한 채 또 짓는다

저 오랜 숨바꼭질도 언젠간 끝날 것이다
대문 위에 대문을 덧대는 끊임없는 망치질 소리
저 집이 완성되는 날,

그 곳엔 아무도 없었다

문패 하나 내걸고 아이는 오래된 성城처럼 잠들 것이다
떠돌이 바람이
오고

가고
마른 풀 사이에 싸락눈이 쌓여 갈 것이다

요람을 흔드는 손

또 그 여인이 공원에 나와 있다 나직이 웃으며 중얼중얼
빈 그네를 밀고 또 민다 모래 장난하는 아이들 한 동작 한
동작 사이, 하염없는 곳으로 민다 가로등 불빛 속엔 갇힌
것들이 많아, 아득하게 꺼지고 꺼져내려, 멀리서 지켜보는
한 사내의 발밑은 깊다

자정의 아이가 그네에 앉아 있다 두리번거린다 비눗방울
들 동동 떠오르자 비눗방울 속을 고개 갸웃 바라보다가 퍼
뜩 놀라, 어마마마, 작은 손이 허공을 잡고 잡고 잡는다
자지러지게 울다가 다시 잡는다

새벽, 바람도 없는데 그네는 여전히 흔들린다
날아와 얹힌 꽃잎 하나 토닥토닥 재우며 먼 곳까지 다녀
오는 길
하얀 발목 달빛에 젖어
졸다가 퍼뜩,
없는 요람을 미는 허공의 손도 달빛에 젖어

주머니, 생각한다

공원 옆 리어카 행상, 플라스틱 통에 닭다리들이 쌓여 있다
닭은 다리로 생각한다 잘려나간
머리와 몸통과 날개와 뽑고 뽑아내 밑이 다 빠진
주머니를 생각한다 흐르지 못한
생이 썩는 냄새, 몸이 더 넓던 비좁고 긴 밤을 생각한다
사내가 한 움큼 집어 기름솥에 넣는다
평생 저려왔던 다리가, 앙상한 다리가
아아, 노곤하다 참 따뜻하다

노인들은 벌써 오래 전에 벤치에 갇혔다
길게 뽑힌 목이 자꾸만 가늘어진다
한 노파가 졸면서 몸을 긁는다
살비듬이 부수수 날린다 잘려나간 자리,
무엇인가 붙어 있던 자리, 자꾸만 가렵다
눈앞에서 아른거리다가 꿈밖으로 빠져나가 멀어지는 것들
노인의 손이 허공을 잡는다 잡는다 헛손질한다
그러다 다시 긁는다 박박 긁는다
가수면의 시야 속에선 한낮의 햇살이 탁탁, 자글자글 튀
겨지고

트럭이 들어서자 노인들이 습관처럼 모여든다
식기와 통들이 내려지고 팻말 하나가 선다
무료급식,
구-, 구-, 빈 주머니들 채워진다 자꾸만 채워진다
꾸역꾸역, 생각한다

라이라이

  낮에는 커피를, 밤에는 술은 파는 곳, 길림성 여자 낯선
억양으로 라이라이 호궁은 울고 노랫가락 따라 수수꽃 핀
마을을 찾아가는데 그녀가 건너온 도시들이 수시로 앞을 막
아선다 가냘픈 몸피 곳곳을 파먹던 새들이 날아오른다 그
여자 손바닥에 말라버린 강의 흔적들 따라서 한 무리 흰옷
입은 사람들이 이국異國의 달빛 아래로 끝없이 가고 있었다
속이 텅 비어 호궁처럼 울리는 여자 자꾸만 탁자 속으로 지
려고 하고, 홍군들, 장정, 붉은 수수밭, 공리… 나도 내게
바닥없이 깃들고 있을 무렵 그 여자 얼굴에서 떨어진 수수
꽃 몇 잎 멀고 먼 소수민족의 마을로 흩날려 가던

  그런 밤

  그녀도 그 곳을 떠나고 나는 가끔 라이라이 거리고, 그럴
때면 붉은 수수밭은 끝없이 출렁거리고 공리는 옷을 벗고
홍군들은 여전히 광야를 건넜다 그러다 붉은 달이 뜨고 밤
의 한 편에서 고량주 냄새가 나면 관념만 붉은 젊음이 자꾸
만, 자꾸만 화끈거리곤 하던

구름 산책

은행나무 아래 벤치는 낡은 이젤이다 거기,
구름 캔버스가 있었고 중풍의 손가락 붓이 있었다
손가락 사이로 새들이 날아오르면
시장통은 후들거리고, 느린 붓 터치를 따라서
목련은 녹슬고 벚꽃은 소멸과 완성의 한순간에
캔버스 밖으로 흩날려 갔다 평생 아무도
등장하지 않던 무변의 구름 들판, 언제부턴가
한 소년이 굴렁쇠를 굴렸다 끝까지 가 본 적은 없다
늘 한복판을 돌고 도는 것이었다 들판은 꿈속까지 따라오고
하늘언덕에는 길고 긴 행렬이 자신의 해골을
두 손에 받쳐 들고 차례로 계단을 오르고 있었다
그는 멀리도 돌아온 사람, 너무 길었던 것이다
캔버스가 유난히 하얗던 어느 날, 비로소
벤치가 은행나무 속으로 들어갔다
그 속엔 가득한 노란나비 떼들
하나씩 허공으로 떠나갔다 파노라마처럼
지나갔다 오랜 유폐에서 풀려났다
허공을 날던 나비들이 차례차례 화폭 속으로
내려앉았다 끈질기게 내려앉았다

노랗게 덧칠된 들판 끝을 노인이 가고 있다
소년의 손을 잡고 막 고개를 넘어가는 중이다
원경으로 장엄한 일몰이 내리고
널브러진 막걸리 통 하나 근경으로 남았다

벌레나무 하늘 오른다

경기도 하남시 인접지역, 누덕누덕한 지붕들 모여 있는 곳
나무 한 마리 하늘 오르는 것 본다
앙상한 발들 꼼질거리며 캄캄한 허공 끌어당기고 있다
작업은 다 끝난 것이다
부서지고 잘려나간 것들 수북한 슬레이트 지붕은 뜯겨나
갔다
갖가지 소음들 조립하다, 저녁이면
체구 작은 사내들 뱉어내던 낮은 건물들
국밥집에 모여 핸드폰 하나로 자랑스럽던 이국의 밤들아
지금은 떠나야 할 시간, 저 나무가
허랑방천 다 오르면 별자리 하나 더 생길 것이다
이미 별이 된 것들 흔들어대는
상처 많은 손들을 보아라
저 나무가 밤하늘 끊임없이 떠돌 듯
배낭 하나로 나도 이국의 질펀한 곳을 떠돌 것이다
잠들지 못하는 변두리의 풍경들
낡은 라디오가 밤새 토해내던 낯선 노래들
전신주에 붙은,
떼인 돈 받아드립니다

빗물 흐른 저 전단지까지
빠짐없이 챙긴 배낭은 여전히 버겁다
잠 속 공터를 돌아나가던 마을버스는 또 어디서 멈출 것
인가
빗방울들이 차창에 천 개의 가로등을 띄운다

육교

자정의 눈 내리는 육교 위
그녀는 지상地上의 가장 먼 마을에서 달려온 따뜻한 불빛들이
자신의 다리 밑 지나가는 것을 지켜보고 있었다

저, 흘러가는 것들

캐롤도 흘러가고, 온 몸에 추억처럼 알전구 감은 가로수들도
흘러가고, 술 취한 빌딩들도 흘러가고

……쪽방, 화장대, 한강 유람선, 월미도, 만화가게, 공중목욕탕…

달력의 붉은 동그라미 속에 웅크린 태아처럼 갇혀 있던
사흘간의 시간들이
하나, 둘 떨어져 내렸다

좁고 가파른 계단은 무너지고 무너졌다

수술대가 뗏목처럼 너울너울 떠가자 둥근 형광등들이 한
꺼번에 팍, 터졌다
핑-, 현기증이 난간을 움켜 잡았다

도시 전체가 어디론가 바삐 가고 있었다
눈발이 그들의 발자국들을 빠르게 지워 갔다

가야하는데
가야하는데

기억을 빼곡히 채워 가는 눈발 속
육교 하나만 갈 곳 모른 채
그렇게 오랫동안 서 있는 것이었다

4부

계단은 잠들지 않는다

계단은 늘 허기진다 겹겹이 접었던 각진 살의를 반쯤 펼
친 채
누군가의 발목을 노리는 저 많은 이빨들
오르가슴을 달려 오르는 가속의 덩어리, 옥상을 지나
난간을 넘어 허공에 던져버리는 거, 던져지는 거
누군가는 순식간에 발목이 잘렸다
언젠가는 한 가족이 몽땅 실려 갔다
사회면마다 계단이 물어뜯은 흔적들, 고시원의
계단엔 주인 잃은 신발들이 지천이다
계단은 어느 곳에도 있다 초등학교 교과서에도
깊은 산문山門에도, 웅장한 교회당에도 계단은 자란다 룸
살롱
여자의 젖가슴 사이를 지나간다 하여
계단은 아름답다 경건하다 계단을 잃어버린 자들이
복권 판매소 앞이나 경마장 같은 광장 주변을 서성일 때
보험사들의 빌딩은 나날이 키를 키운다
절대의 성실함으로, 무자비한 집요함으로
추락의 마지막 순간까지를 사정의 쾌감으로 바꿔 버리는
그것, 폭식의 밤은 깊다

먹잇감들은 바쁘게 몰려들고, 지친 사람들이
자신의 해골을 들고 아득한 계단을 오르는 취몽에 들 때도
도시의 곳곳
화려할수록 어둠 속에 더 깊이 숨어, 번득이는 눈빛,
짐승처럼 은밀히 숨 고르는 소리들

25시時

창틀에 25시時 체인점이 환하다 초록 불빛은 간판 속에, 나는 컴퓨터 속 미로에 갇혀 있었다 은밀한 사이트에선 불륜의 꽃들이 피고 지고 곳곳에서 중세의 하수구 냄새가 올라온다

서류 가방을 옆구리에 낀 늙은 사내, 속도를 게우다 모니터 밖으로 쓰러진다 두 발목이 창틀에 잘리자 건널목 신호등이 무거운 눈을 질끈 감았다, 뜬다

체인점 계단엔 소녀들이 비둘기들처럼 잠들고 몰려온 오토바이들 컵라면 하나씩 들이킨 후 사이버거리를 폭주해 갈 때 종일 수신된 스팸메일 꾸러미들이 실린다 오늘은, 늙은 사내와 소녀들의 취한 꿈을 동봉한다

빌딩 너머로 명도 높은 보름달이 뜬다

쇳가루 같은 달빛이 뿌려진다 커튼이 쳐지고, 한 줄기 에필로그가 흐른다 체인점 간판을 뗏목삼아 저어가면 이 밤엔 젊은 장자에 닿을지도 모른다 그도 25시의 밤을 서성이거

나 남악형산 너머를 폭주하고 있을 것이다

　나비 한 마리가 커서 위에 앉아 깜박깜박 졸고 있다 하루
가 슬며시 삭제된다

식탁 위의 역사

길가 불고깃집에서 한 가족이 고기를 먹는다
가장의 가위질엔 도그마가 있다 아이들의
웃음은 콜라 거품처럼 보글거린다 한껏 벌린
입만큼 행복하다 햇살이 오물오물 씹힌다
구석진 자리엔 한눈에도 불륜인 중년 남녀,
익는 시간만큼 초조하고
뒤집는 횟수만큼 불안하고 뜨는 순간만큼 사랑한다
두 식탁은 헤브라이즘과 헬레니즘이다
제도권과 비제도권이다 로고스와 에로스다
세상 모든 것들이 두 테이블 중 한 곳에 앉아 있거나
앉아 있고 싶거나, 자리를 바꾸는 중이다
부부가 갑자기 언성을 높인다 전쟁이다 아이들이
운다 중재다 주인여자가 말린다 간섭이다
쳐다보던 남녀가 웃다가 눈이 마주치자
얼른 시선을 돌린다 윤리 혹은 이념이다
식당 문이 열리고 두 민족이 빠져나간 식탁에는
뼈다귀들이 수북이 쌓여 있다 역사다
우골탑이다 버려진 것들 사이로
햇살이 지나간다

말끔한 행주질로 또 한 세기가 열릴 때
고급 외제차 한 대 들어서는 마당,
유목의 개 한 마리 허기져 어슬렁거리고 있다

카니발

낡은 건물 하나 폭삭 주저앉더니 타워크레인이 섰다
세탁소 열쇠가게 지물포 분식집 치킨집 문방구, 오밀조밀
한 것들 몽땅 끌려 올라갔다 달랑달랑 걸려 있다
갈고리에 내걸린 붉은 살코기들
깊은 밤의 창밖엔 핏방울 뚝뚝 떨어져,
취객의 욕설 위에 떨어져, 밤하늘에
치킨은 튀겨지고 다리미가 지나가고
배달 오토바이는 검은 유리공 속을 쳇바퀴처럼 돈다
솎아져, 뽑혀져, 쭉쭉 찢겨져
우적우적 검은 아가리
툇, 뼛조각 하나 밤의 저편에 떨어진다
저 행복한 만찬이 끝나면 날은 밝고
대형 마트가 산뜻한 포장육들을, 신선한 아침을
매장 꽉꽉 진열해 놓으리라 카트에 맑은 햇살이
가득 담겨 지나갈 때 타워크레인은 보이지 않는다
비행선처럼 은밀히, 까마득히 떠 간다
가장 높은 곳에 가장 빛나는 식욕
공공연한 불문율, 의문은 죄악이다
어느 날 문득 한 평 잠 위에 끈적한 타액이 늘어지고

고개를 들면, 숨통에 박히는 크고 날카로운 발톱

인육人肉의 카니발

아름다운 식사

양말 속에서 잠들다

의자에 축 늘어져 있는 양말 속에서 빌딩이 흘러내리고 발자국들이 부수수 떨어진다 가로수 뿌리들이 벽의 잔금을 다투어 빠져나오자 노을이 구토로 왈칵 쏟아진다 골목마다 도사리고 있는 개떼들, 번득이는 시선 던지고 있다 집요한 혐의, 해방구는 어디에도 없군 벽에 걸려 대롱거리는 넥타이가 서서히 밤의 목을 조른다⋯⋯ 라디오에선 끊임없이 반복되는 오래된 유행가⋯⋯ 귀뜨르르르⋯⋯ 나 여기 살아 있소

멀리 새벽 두 시의 도시가 교성을 지르며 지나간다

이제야 돌아온 내 그림자 힘겹게 대문 두드린다 들어와 축축한 뒷골목을 벗어 건다 자넨 어디에도 없더군 완벽한 실종이야 빈손 펴 보이더니 양말 속으로 기어들어 간다 참 길고 긴 하루였어 낯선 음성이 목구멍 속에서 웅얼거리다가 점점 작아진다 가늘고 팽팽한 선이 한 줄 팅, 끊어진다 형광등 비로소 점멸된다

발치拔齒

맑은 햇살, 눈부신 사구沙丘 위에 그는 길게 길게 누워 있다 카리브해의 해풍에 실린 잔잔한 음악이 코끝을 찰싹찰싹 친다 아―, 하세요, 길고 긴 실업의 시간이 사구 밑바닥까지 지긋이 틈입한다 목재소 둥근 톱, 바오밥나무 커다란 원목을 켠다 태양이 입 속 가득 부풀어 오른다 좁고 긴 계단 끝에서 아내가 한 점으로 소실된다 사구의 한 능선이 쩍, 꺼져 내린다 그 자리에 셀 수 없이 피어나는 해당화, 가시 달린 긴 뿌리들이 골목마다 퍼져 간다 녹슨 철대문 앞에서 연탄재를 부엌칼로 떼고 있던 노모가 천천히 돌아본다 애야, 너는 여전히 혼자구나, 입 헹구고 다시 누우세요 한 컵의 회의가 스며든다 가늘고 차가운 손이 불온의 뿌리들을 찾고 있다 잡아 뜯는다 웬 뿌리가 아직도 질겨, 다시 톱소리, 이곳은 왜 이렇게 낯설까, 캄캄해진다 어디서 날아온 새 떼들 검은 모래를 따갑게 뿌리며 지나간다 그 새 떼 사라진 어둠 속에서 거대한 포크레인의 손 슬며시 내려온다 그의 가장 축축하고 허술한 곳에서 모래 한 삽 크게 푸―욱, 푼다

지하 책상

소형트럭이 골목을 빠져나가자 책상 하나 버려졌다
그 책상은 까탈스런 새였다 틈만 나면 날아가려는,
깊은 밤이면 구만 리나 붕새로 날아올라
반년쯤 바람난 여자처럼 떠돌다 돌아와
조용히 잠드는 머리맡, 붉은 깃털들 몇 개 떨어져 있는,
그런 꽃밭이었다 구석진 곳마다 푸른 꽃들 무성해
못해먹을 짓이다, 아이들의 꿈속에
전지가위를 디밀던 추리닝 사내
아침마다 삐걱거리는 꽃밭을 열고 여자 하나 가출하면
푸른 해바라기들 목이 점점 길어져
수시로 빨랫줄에 널려, 해를 따라 온종일 돌고 도는,
책상은 늪이었다 간절히 가닿고 싶은 밑바닥
코끼리들의 무덤, 마조히즘의 오래된 사원, 그 종소리
어느 무덥던 여름날의 장마, 더러운 빗자루
꽃밭 위로 개천이 지나가고
푸른 꽃들 더 새파래져 짐짝처럼 떨던 밤이 지나고
공터에 남겨진 새 한 마리
깃털 속의 낙서 한 장,
꺾으면 피가 묻어나는 고대古代스러운 꽃*,

94

반역의 형광등 비로소 꺼져 있으리
밤마다 밤바다엔 가득한 코끼리 떼들 두런두런 가고
그 해 한 철 그 날개 위에는
검푸른 나팔꽃들이 피었다 지고, 피었다 지고

* 고대古代스러운 꽃 : 이상

태양의 서커스

- 벼를 벤 그루터기에서 다시 싹들이 자라나온다 목 없는 것들이 허공에 손을 내밀어 찾고 있다 없는 날들을 찾고 있다 저것들의 밑바닥에 가 닿으면 눈 먼 짐승이 엎어져 있을 거다 푸른 손들을 보라, 씻고 씻어서 당신의 눈앞에 펴 보이는, 애써 푸르고 싶은 손들을 보라

트렌치코트를 입은 목 없는 사내가 당신을 방문해서
모자 하나 건넨 적이 있다 그 모자를 쓴 바로 그 때,
모든 게 시작된 거다 뿌리 깊은 곳에
이빨 긴 짐승 한 마리 키우게 된 거다
짐승이 짐승을 불러 모자 속에 함께 갇힌 거다
뱀 두 마리가 서로의 꼬리를 물고 뜯어 먹는 거
어느 소실점에서의 무화無化, 이빨만 남아 깨무는 흉내를 내는 거
아무 것도 없는데 전부 다 갇힌다는 거
한 순간의 서리, 흰 보자기는 죽음처럼 덮이고,
모자는 없는데 짐승의 기억만 남았다
뼈의 언어로 흘러가는 거리
아무나 손을 잡으면 피가 묻어난다
피가 피를 모아 하늘로 간다
그러나, 그렇게, 문득 길 가던 당신의 허공에
고엽, 낡은 책갈피 하나 나붓나붓 떨어지면
모자 속에 다시 갇혀
부끄러운 손, 덜그덕거리는 이빨들
길고 긴 에필로그만 남은 서커스는 또 시작되고

누란樓蘭 모텔

모텔, 세면기 수도꼭지에서 하루살이들이 쓸려나온다
저 좁은 수도꼭지 속까지 찾아오느라
하루살이는 팍삭 늙어버렸다
늙은 얼굴이, 늙은 생식기가 얼마나 미안했을까
얼굴을 가린 등불이 환하게 밝혀지고
바람이 불면 산 하나 생겼다가
산 하나 사라진다 도시 하나 생겼다가
도시 하나 사라진다 세상은
만물의 여관*, 집은 없는 것이다 지금도
나무들은 들판을 밤새워 배회하고 꽃들은
처녀막 뒤집어 부끄럽게 흔들고 있을 것이다
눈 먼 밤, 입 먼 밤, 차들은 속속 모텔로 귀가해
또 다시 대상隊商의 길을 나선다
달빛 아래 저 긴 행렬들, 그러나
사막에서 사막으로 가는 길은 없다
애초부터 없다
와르르르 이별은 쏟아지고
하루살이들 쓸려가면서 내다 본
창밖, 광막한 허공엔

잠시 스친 누더기별들, 삐걱거리며 삐걱거리며
저마다의 무한無限을 가는 중이다

공중 감옥

　　　　－ 사내가 챈 낚싯바늘이 물고기의 눈을 뚫고 나왔다
　　　　　잡아 뽑자 눈알이 빠져 나왔다
　　　　　바늘에 대롱대롱 걸린 순진한 눈알이 슬프게 바라본다
　　　　　이게 장난인가요
　　　　　이게 엔조인가요

한 천 년 흘러 햇살 잔잔한 강물이 내려다보이는 시골 교
회당

잘 넘어가던 사진첩이 갑자기 덜컹, 멈춰 섰다
벗나무 꽃그늘 아래에 세월이 급정거했다
지던 꽃잎 하나 허공에 오랫동안 붙잡혀 있는데
적막이 붙잡혀 있는데,
주름 많은 손가락 끝
선한 눈매의 처녀

그 일 있고 반 년 만이었단다, 참 착한 애였는데

너무 오랜 저 미소를, 꽃잎을
누가 풀어주나
저 눈 없는 물고기를 어떻게 돌려보내나

점자 點字

쾅쾅 언 홍천강에 손가락을 댄다
손끝이 더 명징해 손끝으로 생각하고
손끝으로 추억한다 손끝은
집이었다 한 생애가 들어와 살았다
한 발만 내딛으면 다른 차원을 보여줄 가장 분명한
저 절벽, 갈대들은 모두 바싹 마른 죽음을 노래한다
얼음장 밖으로 드러난 바위들
또는 손가락들, 바람 한 자락 뽑아 휘두르면
저 빈집들 단번에 잘려나갈까
전생前生 어디쯤에서 시퍼런 칼 받은 적 있는 것 같아
받고 싶었던 것 같아
뭉툭한 손가락, 당신도 뭉툭한 손가락
능선과 계곡 사이에 핏방울 떨어져
녹은 것들과 쌓인 것들 사이에 떨어져
점점이, 움푹움푹, 찍혀
강원도 산비탈 나목들 힘겹게 마음의 경사를 잴 때
겨울 홍천강은 뭉텅 잘린 손가락
누구도 읽지 못하는, 다시는 읽지 못하는
하얀 글씨들
하얀 역사들

소파, 부재에 관한 보고

사내의 집은 소파다 소파에서 출근해서 소파로 퇴근한다
휴일, 그는 낯선 도시의 발도장이다
대문 앞에는 도장자국 투성이다
동네를 몇 바퀴 더 소주병처럼 굴러 다녀야 출근부가 접
힌다
소파는 밤새 사막이요 광장이요 자궁이다
취한 꿈속에서 늘 사막의 여우를 만나지만
여우는 아무런 대답도 해주지 않는다
어젯밤 그는 가로등을 올려다보고 있었다
불빛에 갇힌 물음표들, 그 작은 날개의 파닥거림이
그는 퍼뜩 무서워졌고, 소파를 떠올렸고
가능한 멀리 달아나야 한다고 믿었다
오늘도 소파에서 일어난 그는 새벽을 나선다
헛구역질하는 골목도 그를 눈치 채지 못한다
엄마 여기 누가 자, 외쳤던 어린 딸도 이제는 놀라지 않
는다

그 집에는 그녀도 없다 없는 그녀가 식탁을 차리고
아이들을 학교에 보내면 친구 또는 애인을 만나거나

그 소파에서 케이블채널을 돌린다 그 여자는 영화광이다
한 편을 끝까지 감상한 적은 없다 가끔씩 깨어
아무도 없네 두리번거리다 다시 잠든다
거대한 강낭콩 줄기가 소파를 뚫고 지붕을 뚫고
끝없이 하늘 오르는 장면이 자주 상연되는 꿈속엔
넓은 잎새의 초록이 싱그럽다
오늘은 맑은 날, 그녀는 모텔을 뒤돌아 본다
그녀는 영원을 믿지 않는다 가고 싶다
아아, 돌아가고 싶다 무심코 중얼거리자
맑은 하늘 빼곡히 초록의 잎새가 드리워 진다
건물들의 윤곽이 탁 풀리자, 그녀는 깔깔깔 웃는다

그 집은 오늘도 부재다
아이들은 혼자 먹는 밥에 다들 익숙하다
거실의 어둠 속에 소파가 떠있다
없는 집에서 없는 사람들을 기다린다
누가 좀 저 불을 켜주었으면, 소파 혼자 간절히 생각하는
창밖
어긋난 별들이 영원의 궤도를 도는 중이다

102

즐거운 우리 집

책가방을 맨 채로 아이는 컴퓨터를 열고 자기의 방으로 들어간다 방문 횟수는 0이다 0 속에 갇혀 게임을 한다 총성과 피가 흥건한 제로섬 게임, 뻔한 스토리, 혼자 먹는 밥처럼 이젠 지겹다 비로소 즐겨찾기를 연다 달랑 집 한 채, 방문횟수는 1년 전부터 매일 1이다 그 집에 걸린 배경 화면…… 잔잔한 물가에 나룻배 한 척 반쯤 잠겨 썩어가고 있다 아이가 뱃전에 올라앉자 졸던 물잠자리가 자리를 내어준다 물풀에 얹힌 자기의 얼굴을 찬찬히 들여다본다 못생겼다 참 못생겼다 모니터 속에 손을 담그고 휘젓는다 휘저어버린다 안부게시판은 아껴 먹는 과자, 오물오물 연다 짠, 역시 아무런 댓글도 없다 다시 0 속에 갇힌다 그래도 아이는 여기저기 돌던 하루를 기웃기웃 적는다 연필심에 침 발라가며 꾹꾹 눌러 꼼꼼히, 애써 천천히 천천히 적는다 끝 -, 인사를 써야할 텐데…… 물잠자리가 다시 날아와 연필 지우개 위에 앉는다 글씨들이 물풀처럼 흔들려, 자꾸만 풀어져 고민 고민하다가 어제처럼 그냥 남긴다 또 올게요 안녕, 엄마

아파트는 여전히 캄캄하다 자정의 벽시계 소리, 아이는 컴퓨터 문턱에 조그맣게 서있다 0과 1 사이, 안팎이 다 없다 나오지 못한다

계단 위의 사람들

남루한 외투의 남녀가 오르는 살얼음 깔린 돌계단
몇 겹의 인연들 폐지처럼 밟히고
한 계단 오를 때마다 한 계단씩 지워진다
빚 문서처럼 쫓아온 어린 길들이 연신 발목에 감기자
한 사람 뒤돌아서서 펴 보이는 손바닥엔
벌겋게 녹슨 대못이 박혀있다 부디,
용서하지 말아라, 마침표 하나 그 위에 떨어진다
이곳까지 오기 위해 밤은 그리 깊었고
가난한 인연은 수시로 가출 했었던가
늘 앞서 가던 사람도 뒤돌아서서
낯선 시간의 뒷모습 처음으로 본다 오랫동안 본다
서럽게 휘청거리던 자정의 골목길 비벼 끄자
버티던 가로등 비로소 꺼진다
계단마다 깊은 협곡이 보이고
시퍼렇게 멍든 날들이 유빙처럼 떠내려간다
결국, 얼음 위의 집이었다 스스로 녹아
제각기 흘러갈 집이었다
상처 많은 손 주머니에 단단히 찌르고
작은 손가방을 마지막 담보처럼 꼭 움켜쥔다

중년의 언덕에 놓인 그 계단은
높고도 가파른데
손 잡아줄 것 하나 없는 인연의 허공
떨어지다 잠시 스친 낙엽들
흔들리고, 흔들리면서, 공중의 길 가고 있다

blog.daum.net/desertxxxxx

언덕을 따라 걷다가 만난 빈집, 내 발자국만 무수히 찍혀 있는, 중세의 수도원처럼 낡아가는 집, 잡풀들과 체구 작은 들짐승들과 떠돌이 바람만 입주해 있는 곳, 몇 년이나 지난 게시물 달랑 하나 – 무한無限 속 금번 생에서의 최종 알리바이인가 먼지에서 먼지로, 낯선 곳에서 더 낯선 곳으로…… 나도 나를 잊을 때까지

배경음악, 슈베르트의 겨울 나그네, 보리수나무 아래 앉아 유일한 증인처럼 오늘도 나는 빈집을 지켜준다 저 아래에선, 홍등을 내 건 요란한 집들이 떠다니고 골목마다 삐끼들이 전단지 건네고 있을 것이다 환한 곳마다 펼쳐질 가면무도회, 스와핑, 스와핑, 핑핑 돌아가는 군무群舞들 위로 밤이 내린다 겨울 나그네가 간다

별들이 자판 두드리는 소리로 떨어져 내린다 나는 언덕을 내려간다 내 발길도 언젠간 끊기고 익명의 발자국들도 먼지에 덮일 것이다 외진 곳, 누군가 벗어 놓은 빈집 한 채, 오랫동안 버릴 것이다 애써 잊어 갈 것이다

이명耳鳴, 길 위에 서다

벽도 지붕도 몽땅 다 함석이다 귀 속에 이렇게
방이 많은 줄 미처 몰랐다 짐승처럼 끙끙거리다
끊임없이 자기 복제하는 방들
방마다 들어 찬 빗쟁이들, 양철 벽을 박박 긁는다 죄다
손톱이 길다
그는 고장 난 내비게이션, 십여 년 동안 배달한 물건들이
모두 한 곳으로 간 것이다 막다른 골목에서
길을 찾아 짐은 뿔뿔이 흩어져갔다 그의
전부를 한꺼번에 갖고 튄 자는 뒤편이었다 가까운
사람이 가장 어렵고 먼 길이었다
가스통에 불을 붙인 오토바이들이 달팽이관을 타고 돈다
폭주하다가 한꺼번에 폭발한다 모든 기억들이
소리로 대체되는 이곳은 도대체 어디일까
피 비린내 나는 양철 파편들, 쏟아진다
식은 땀 축축한 얼굴로 우수수 쏟아진다
오늘도 그는 지난 반생을 하룻밤 만에 주파했다
낡은 트럭도 어딘가에서 가쁜 숨을 몰아쉬고 있을 것이다
새벽의 머리가 벌써 하얗게 세었는데
엎어져 잠든 그, 쭉 뻗은 한쪽 팔이 가리키는 곳

지도에는 없는 곳
꼭 한 번만 돌아가 초인종 누르고 싶은 곳에
그는 지금 마지막 배달을 떠나는 중이다

밤비

그녀가 상처 많은 몸의 지퍼를 연다 급히 뛰쳐나오느라고 뒤죽박죽되었다 돌려보낼 것들과 돌려받아야할 것들을 가지런히 챙긴다

간절히 먹고, 사납게 먹던 입들, 걷는 벽, 공중 부양 밥상, 사회면을 대신하던 현관문, 고해성사 끊임없는 화장실의 물방울소리, 너무 큰 손바닥, 온갖 것이 품은 예각들, 벽에서 흘러내리던 것들의 가늘고 긴 무늬의 속도, 빨래집게에 거꾸로 매달린 정오, 딱딱한 식탁보, 하문下門 속에 취한 멧돼지, 급하게 꺾이는 골목들, 가로등 불빛에 갇혀 파르르 떨던 새벽 2시의 작은 날개들

보풀거리는 봄 햇살, 벤치 위의 소년과 소녀, 아주 조금씩 다가가던 소년의 엉덩이, 그 접점에서 피어나던 사과나무 무지개, 책갈피 속에 숨죽여 숨은 사진, 돌덩이가 빠져나간 웅덩이, 그 좁은 곳에도 빗방울은 떨어져 파문이 일어 눈가에 밀려오던 어린 물고기들, 후생까지 붙어 있던 두 연탄재, 벼랑 중턱에 소나무, 자살하기 위해 한강철교를 오르는 이처럼 조심스럽게 허공을 밟아가던 나무 발자국들, 치

료 후 매일 밤 찾아오던 비둘기, 하룻밤 묶어두자 다시는
돌아오지 않던 비둘기, 비둘기를 묶은 하늘의 끈, 길가의
죽은 새 한 마리, 뒤집자 새 속에 바글거리는 것들, 첫발을
들어 새를 하늘에 띄우던 것들, 오래 잊고 있었던 주인, 바
글거리는 것들의 눈물겨운 아름다움

　모텔 유리창에 도시의 불빛들이, 나뭇잎들이, 빗방울들
이 바글거린다 하늘의 끈을 찾아 건너가고 있다 비로소 시
작되고 있다 돌아서서는 안 되는 길, 허공에서 떨리는 첫걸
음, 피멍든 눈동자가 주루룩 웃는다

목을 내민다는 거

버려진 자전거에 나팔꽃이 칭칭 감겨 있었다
자전거의 의지다
그렇게 목 졸리고 싶었던 거다

일산 횡단보도에서 신호등을 기다리는데
만취한 젊은 여자가 뒤에서 목을 끌어안는다
제발 저 좀 집까지 데려다 주세요
순간, 못난 자신에게 간절히 매달려준 것이
눈물겹게 고마워
자전거는 기꺼이 목을 내민 것이다

누구나 목을 내민 적이 있다 내밀어야 할 때가 있다
그리고 죽는다 한 번 죽은 자들은
누구도 영원을 말하지 않는다
당신도 나도 이미 오래전에 죽은 사람들,
횡단보도 건너편까지가 영원이다

그 여자를 데려다 주고 고시원으로 돌아가는 길
부축하던 팔에 얹히던 왼쪽 젖가슴의 무게

세상엔 딱 그 정도의 무게로 남는 것이 있다
자전거도 녹슬고 나팔꽃도 말라죽었지만
무게는 남아
오랫동안 남아

자전거가 풀이 될 때까지
풀이 자전거가 될 때까지

겨울 수양버드나무

한세월의 길가에 서 있는 겨울 버드나무
지나온 모든 길들이 그 나무로 모였다 흩어진다

한때는 그 나무 곁에 한 여자 살고 있었다
머리채 긴 여자, 바람 속에서 빛나던 여자
세상의 작은 상처 낱낱이 감지해 잔잔히 떨어주던 여자
맑은 날이면 눈부신 햇살의 물결로 길게 길게 쓸어주던
여자

그 여자, 그 나무 곁에서 떠나갔다

오지 않는 날들과 갈 수 없는 날들 사이에서
긴 손길 흔들며 서 있던 겨울나무

텅 빈 그 집 눈발 속에 서있다
텅 빈 겨울 그 나무 곁에 서있다

누란, 저마다의 무한을 가는 중이다

백 현 국(시인 · 문학평론가)

夫天地者 萬物之逆旅 光陰者 百代之過客 而浮生若夢 爲
歡幾何 / 무릇 천지는 세상만물의 여관이요, 세월은 지나가
는 나그네다. 덧없는 인생 꿈과 같으니, 즐거움이 얼마나
있으리오(春夜宴桃李園序/이백).

끊임없이 언어의 화살을 쏘아 올려야 하는 시인의 입장에
서 보면 시는 피할 수 없는 운명적 반려일 것이다. 최을원은
이미 '폐허'라는 간명한 이미지로 그의 시적 기저의 심연을
스스로 드러냈지만 기실 시인이란 그가 경험했던 다양한 심
리적인 관계들, 사회적인 관계들, 그리고 사람들과의 관계
들을 시 · 공간적인 힘을 빌려서 적시하는 법을 아는 자가 아
니겠는가. 언어는 "인간 존재들 사이의 관계들에 관련된 모
든 것들을 조직한다"고 라깡Jacques Lacan이 말한 것처럼 그
는 '폐허'를 이질적이고 상이한 것들이 서로 관계를 맺고 푸
는 공간으로서 생각했다. 해오라기 깃털을 꽂고 누운 '누란
왕국의 미녀Beauty of Loulan'처럼 '폐허'에서 발굴된 '사해사
본'처럼 소멸되지 않은 리얼리티를 생각한 것이다. 그의 시
편에는 '실재實在'와 '허구'의 경계선상을 넘나들며 현실 비판

적으로 혹은 지극히 사적인 내면의 이야기를 풀어내는 '누란
의 집'과 '계단'이 있다. 언어의 의미와 세계와의 관계를 해명
하는 문제에서 언어가 의미를 갖기 위해서는 언어에 대응하
는 세계가 있어야 한다는 논리를 세운 적 있었던 비트겐슈타
인의 말을 빌리면 '폐허'와 '계단'은 최을원의 시편 전작을 연
결하고 대응하는 가상선The imaginary line이 되는 셈이다.

  알랭 드 보통Alain De Botton이 말하는 건물(집)이 "기억과
가능성의, 흠 많은 현실과 상상 속의 완벽함의 저장소"인
것처럼 그는 '폐허(집)'를 통해 현재의 삶에서 결여된 모든
요소들이 궁극엔 우리 모두와의 관계성임을(여전히 누군가
의 집) 작가의 모노그래프를 통해 확산시키고 있다. "자물
통 하나가 버티는 집/밤마다 조금씩 유실되는 집"이며 "늦
가을 바람이 나뭇잎 몇 개 안부 삼아 놓고 가는/그러나 함
부로 발 내디딜 수 없는/폐허"가 있다. 그러면서도 "여전히
누군가의 집"(「폐허는 푸르다」)을 이야기 한다. "절벽 위에
피어 있"(「높은 집」)거나 "소파" 즉, "밤새 사막이요 광장이
요 자궁"(「소파, 부재에 관한 보고」)인 '집' 속에서도 짐짓 나
는 '부재'라고 말하지만 그는 여전히 "양말 속으로 기어들
어"(「양말 속에서 잠들다」)가 "자기 속으로/집 속에 또 집
을"(「자폐, 고요하고 고요한」) 짓고 있다. 현실 공간에는 "한
줌 가계가 딱 맞는 13평 서민 아파트/들어간 자나 나간 자
나 흡사한"(「집이 키운다」) 집이 있다. 다만 "아무리 까치발
을 뻗어도 발가락 끝이 닿지 않는" 집이다. 하지만 그 스스

로는 수많은 '방'을 만들고 '집'을 만들고 있다. 그러므로 '폐허'라는 것을 심리적 상실이나 부재를 의미하는 것이라고 성급히 판단할 문제가 아니다. 그는 민감하고 불안한 자들의 세계에서 '폐허', '단절', '고립'을 이야기하는 방식을 따르고 있을 뿐이다. "누구도 읽지 못하는, 다시는 읽지 못하는"(「점자」) 그의 '폐허'는 끝내 건강한 현실로의 '재귀환'을 담보해야하는 또 다른 의미의 현실이기 때문이다. '폐허'가 심미적인 세계관을 떠맡고 있기 때문에 그 자신 스스로 '폐허'를 상징한다고 느끼는 것뿐이다. 그는 "또 다른 길들이 오는 소리를" 듣고 있다. 그래서 그는 "나는, 설화雪花 몇 송이로/상형문자 몇 자로/지금 버티는 중이다"(「고사목」)

마흔의 막바지를 그 스스로 '고독'하다고 했던가. 그는 스스로 황량함을 증명하기 위해 자주 떠났다. 그리고 겨울의 미시령을 향해 달리며 날아온 전화 한 통. "구부러진 것들은 슬픈 것/위태로운 각도를 품은 것/페드라, 페드라를 외치"(「미시령을 향해 달리다」)고 있었다. 각도를 예술적으로 본다면 '예각'이 가장 아름답지만 섬세한 긴장감이 있다. 그는 "길 밖으로 나간 흔적"을 생각한다. 참으로 순간 같은 '삶의 비의'를 생각하다보니 "전생 어디쯤에서 칼을 받고 쓰러진 내역"(「점자」)이 있음을 깨닫는다. 과거의 충격적인 사건은 무의식 속에 잠재해 있다가 어느 순간 '사후적'으로 다시 나타나는 법이다. 무의식에 잠재되어 있다가 그것이 갑자기 환기될 때에만 회상할 수 있다. 바슐라르는 이를 '환치'라고 했다.

"학교를 자퇴하고 나는 왜 여기 산 속에 있나"(「크눌프, 18세가 오는 방식에 관하여」), "세상은 너무 투명해서 공지천 똥물조차도/대학 노트만한 여인숙 방 하나 가릴 수 없었다/내 속에 심해어처럼 숨어 있던/부끄러움"(「빙어」) 등이 '유배된 날'의 기억이었음을 떠올렸을 때, "쾅쾅 언 홍천강", "얼음장 밖으로 드러난 검은 바위"를 통해 '폐허'의 원형을 발견하게 된다. 세상을 여관삼아 날아가는 새떼들 속에 빈 집은 "너무 젖어 군불을 때줘야 하는 집"(「을숙도에서의 일박—泊」)이다. 잠들기 위해 찾아온 을숙도의 새떼처럼 그도 "지고 온 저녁"을 부린다. 그는 그 누구도 읽지 못하는 '고독의 길'을 '을숙'도에서 '차안'에서 '고시원'에서 그리고 '13평 아파트', 싱크대 옆에 잠들면서 "새떼들의 방언"을 통해 듣는다. "내 눈 속에 어린 지느러미들이 몰려와 맴도는 집/아무리 까치발을 뻗어도 발가락 끝이 닿지 않는"(「집이 키운다」) 집이다. 그 '폐허' 속에 '가족'이 있다. 따라서 무릇 천지는 세상만물의 '여관'이 아니라 "남 몰래 곤한 잠 깔던 곳"(「을숙도에서의 일박—泊」) 즉 '집'이 있다.

누대에 걸쳐 시인들은 불안하고 음울한 시대정신을 표징하는 시를 써왔다. 무엇과 '불화'하고 무엇과 '소통'을 이뤄야 할 것인가에 대한 원초적인 물음이 반드시 필요했던 탓이다. 다산 정약용이 "시대를 아파하고 피폐한 습속을 통분히 여기지 않은 시는 시가 아니다"라고 한 것을 따지고 보면 시는 생활이지 기교로 논할 문제는 아니라는 말이 맞다.

그의 거대한 도시 공간에서 경험하게 되는 충격경험 Chokerlebnis 혹은 사건적 경험Erlebnis의 총합들을 '계단'이라는 지배적 이미저리 속에서 발견할 수 있다. '계단'은 실재의 경험을 통해 변환시킨 메타모르포시스Metamorfosis다. 즉 과거와 현재, 사건과 사건들이 교차하는 흔적들을 기술 Description하는 리얼리티를 가지고 있다. '계단'이 우리 삶의 양방향성을 잘 나타낸다는 것은 '소통'과 '교류'를 가능하게 해주는 '개방성'과 오르거나 내려가는 '권력성', 나선형 계단처럼 '은밀함'까지 있기 때문이다. 도시의 음습하고도 어두운 이미지가 미적 반응의 한 양상으로 다가온다. "뒤편 공터, 낡은 포장마차 밑바닥의 버려진 개/밤에만 나와 짖는다 밤새 짖는다//나는 개를 내려다본다 좁은 공터, 먹을 것을 찾아/개가 돌고 내가 돌고 별들이 돈다"(「별」) 고시원이 별처럼 떠있는 공간 속에 "별"과 "개" 그리고 "조선족 여자"가 안드로메다 저편에 선을 대고 옆방의 "도우미"들은 어느 불야성 사이를 돌고 있다. 이들은 모두 "자신의 해골을 들고 아득한 계단을 오르는" 사람들이다. 그 역시 스스로 흐를 수 없는 "이 도시의 최고의 이단이요 치욕"(「횡단보도에 갇히다」)이다. 그도 계단 위의 사람이다. "계단"은 늘 허기져 누군가의 발목을 노리고 이빨을 드러낸다. 겹겹이 접었던 각진 살의를 반쯤만 펼친 계단으로 누군가는 순식간에 발목이 잘리고 언젠가는 한 가족이 몽땅 실려가기도 한 것이다. 도시의 곳곳이 "짐승처럼 은밀히 숨을 고르고 있는" 것이다.(「계단은 잠들지 않는다」) 그의 시에는 일그러진 도시의 일상과 소외된 사람들에 대한 서사가 나타난다. "질펀한 시장판, 가마니에 홍합 부려 놓은 깡마른 사내가 돌아서는 아주머니의 등을 후려쳤습니다 휘둘리는 머리채, 홍합 몇 개의 힘으로 주먹이 날고……"(「홍합국이 구수한 이유」), "낮에는 커피를, 밤에는 술을 파는 곳, 길림성 여자 낯선 억양으로 라이라이 호궁이 울"(「라이라이」)기도 한다. 그럼에도 불구하고 왜곡된 형상 너머에 있는 따뜻한 서사를 잊지 않는다.

아버진 "새참 나온 빵을 챙겨 오시던 허기진 고샅길"이요 "자투리 합판과 각목으로 짜 올린 공중누각"(「새들은 왜 북녘으로만 가나」)이었다. '소년'으로 돌아간 시인은 그 아래 '주춧돌'이 되었지만 한편으로는 끔찍하고도 엽기적인 도시적 일상의 잔혹함에 찌들려 "핏속에 이리를 키우던 사람"으로 환치되기도 한다. "어깨에 화살이 꽂힌 하트문신을 가진" 파자마 차림의 노인을 통해 "팽팽하던 하트의 밤도 지나고 비로소 다다른 쭈글쭈글한 길가 평상, 조는 아이를 내려다보며 부채질하고 있는 노인"(「화살은 어디서 날아오는가」)의 뜨거운 가족애를 발견하게 한다. 새롭게 콱 박힌 화살, 너무 아파 신음을 끙끙 흘릴 수밖에 없지만 여전히 끌어안고 있다. '가출', '이혼', '불륜'의 서사들이 마치 새로운 가족의 매커니즘인 양 떠들던 때가 있었다. '욕망'이라든가 '결핍', '부재'라는 뻔한 것들이 담론을 새롭게 형성한다고 핏대를 올리던 사람들도 있었다. '부재'와 '단절'이라는 부조

리한 상황이 오히려 시인의 자산이 되고 '물화'와 '몸론'이 시의 거푸집을 형성하는 때, 최을원은 오히려 '가족'이라는 가장 근본의 감정을 터트려 버렸다.

'시를 쓰는 행위'나 '시를 읽는 행위'란 궁극에 가서는 시 공간적 제약을 넘어 시인이 들쑤셔놓은 주체의 공간 속으로 타자의 공간이 겹쳐지는 것, 그리고 마침내 공동의 체험으로 연결되도록 하는 것이 시적 진정성이다. 그가 여전히 "이명"에 시달리거나 "횡단보도"에 갇혔다고 느끼는 것은 사람들과의 관계성에서 비롯된 것이다. "방이 이렇게 많을 줄 몰랐다 짐승처럼 끙끙거리다 끊임없이 자기를 복제하는 방" 속에서 "오늘도 그는 하루 만에 반생을 주파한" 사람을 생각한다. "전부를 한꺼번에 갖고 뛴 자의 뒤편"을 잘 알기 때문이다. "사람이 가장 어렵고 먼 길"(「이명耳鳴(덧말:이명), 길 위에 서다」)이기 때문이다. "늘 앞서 가던 사람도 뒤돌아서서/낯선 시간의 뒷모습 처음으로 보거나 오랫동안 본다/한 사람 뒤돌아서서 펴 보이는 손바닥엔/벌겋게 녹슨 대못이 박혀있다"(「계단 위의 사람들」) "녹슨 대못"은 고도로 정제된 자기만의 고백형식이다. 그의 시편 속에는 비현실이나 초현실이 등장하지 않는다. 현실보다 더 현실적인 것, 또는 허구적인 유사함이 있을 뿐이다. 구차스런 의식세계의 장광설이 없고 복잡 미묘한 시의 구조로 불편하게 만들지도 않았다. 첫시집이다. 이 시집을 읽으면 저마다 무한으로 달려가는 이유를 알게 될 것이다.